やはらに黙を

沢口芙美
Sawaguchi Fumi
歌集

本阿弥書店

歌集　やはらに黙を　目次

I　二〇〇七年

II　二〇〇八年

Ⅲ　二〇〇九年

Ⅳ　二〇一〇年

装幀　巖谷純介

歌集　やはらに黙を

沢口芙美

Ⅰ

二〇〇七年

風の渚

ものの端《は》は風の渚　椎の葉の吹かれ揺れをりさざなみなして

悼――青井史

いさぎよく死の覚悟書きしが予想より早かりにけむ君に来たる死

わがかけし電話に嗄れがれの声を聞くそれより十日その声の絶ゆ

子を百度《たび》捨てしと言ひきり歌に賭《か》けつ　朱き椿のその心映え

勢ひて死まで行きしよ棺のなかまだ若さある顔をかなしむ

吾《あ》に残るこの世の時間どれほどか背後に君の死が聳てり

雲の軽さ

可能性をあるいは潰すかも知れぬ　春冷ゆる日に断り状書く

連絡をせよとメールを打ちたれど連絡あれば良しとも言へず

春空にシャボンの泡のやうに浮く雲の軽さを羨しみて見つ

輝きて

輝きて見えゐしものが色褪せる　年齢《とし》をとるとはかういふことか

書かねばならぬ手紙が二通　感情のゆらげるままにまた日延べする

敗北はわかつてゐるが手を垂れて見てゐる　喰はるる獲物のやうに

うづくまつてゐても事は進まない　水の入つた泥舟今は

くろぐろと痣ある右脚　あの人に突きとばされたとどうして言へよう

仰向けにプールに浮く身が天井のガラスに写る　水草のやうだ

まうひと押しすべきところで弱気になる　水揚げしない花だあなたは

風がわらつて過ぎたるのちの蒼い空　絶望さへも明るく見える

お守り袋

拾ひたるお守り袋を返しにゆく隣の町の氷川神社へ
落とし主をなほ守りたまへ花影さす神殿におくお守り袋

境内の桜ちるした幼児のあゆみ見守る若き母親

まふ花に手をのべながら幼児の一歩、二歩、あやふくあるきだす足

リュック負ひ児を遊ばする母親はわれのむすめに近き年頃

異動して課長に昇進したるとぞ若き命を仕事にそそぐ娘《こ》

自己収奪さるる労働が何ほどか問へば風荒るトマノ耳オキノ耳

外来語みづみづしきころ登攀をアルバイトと記しし松濤明

松濤明著『風雪のビヴァーグ』

ゆふぐれの桜花《はな》の奥よりしくしくに哭くこゑ──。しづかにわれ花ゆ離《か》る
絶望といへど甘やかなりしかな生命に時間のある若き日は

荷馬車

家のまへは米屋なりにき米運ぶ馬車が音たてて細道を来し

米下ろし空きたる荷台に飛びのりき荷馬車くる日の楽しき遊び

飛蝗のごと子供らつぎつぎ飛びのるを叱りもせざりき馬を繰る人

狭き路地まがりかねたる馬車馬を手綱たくみに馬方あやしき

荷台のおと馬の蹄のおと聞こゆ昔のままの路地に風ゆき

題詠「委員と雲」——二語を詠み込む

大学病院無給医員の夫なりき雲のごとはかなき家計にしのぎき

ノロウイルス蜘蛛手をなして広がりぬ殊にも怖い院内感染

くもりなきかの人の眸《め》よ亡き今も強い印象の消えがたくあり

雲ゆるく遊ぶ秋の日　休診の札下げてしづけし中村医院

内灘にて

日本海より吹きつくる風凄からむ植林の木々の梢みな枯る

砂丘《すなおか》の雑木木のなかオブジェのごと着弾地観測所朽ちつつ残る

トーチカの横細の窓に米兵より背低きわれは爪立ちて見る

砲弾の着地をここに測りしか窓より見ゆるはただひかる海

かがやくと見るか無防備と見るべきか拉致をおもへば海のひらたさ

鉄板道路

鉄板を砂丘に敷きて道路とす即戦力のすさまじ米軍

筵旗とは何かと若き女問ふかの闘争より経つ半世紀

パラグライダー空には浮かび女学生ら波に声あぐ内灘の浜

発電は吹く風まかせ砂丘に遊びのごとく風車廻れり

ロカ岬の風

修道士五千人の骨を壁・柱に埋めて成れるチャペルに息呑む

スペイン・エボラ・サンフランシスコ教会

アーチ形に髑髏をつらね柱とす「あなた方を待つ」と入口に記し

全身の骨を壁に吊るさるるは悪事をつひに悔いざりし男

肉体を超え魂のみを思へとぞ骨積みあげて厳しく問ひく

魂の抜けたる骨は物体か　連なる髑髏を見上げて黙す

キリスト教の底にあるこの厳格よ　底冷えのするチャペルを辞しぬ

アンダルシアの丘に見たるは陽に焦げてゴッホも描かざりし黒きひまはり

敗残の兵士のごとく首垂れて黒きひまはり丘を埋むる

ひまはりは農産物

収穫を待つひまはりのくろぐろと熟れゆく畑　つづきて畑

ロカ岬　欧大陸の最西端

陸はここまでスパッと切れたる断崖の思ひ切りよし　白波が噛む

「ここに地終り海はじまる」と碑の立ちて大西洋の碧き海原

陽にかがやく瑠璃色の海その果てを人は夢見き海いざなへば

柵こえて崖よりのぞく下の海ふいと飛びたし水澄みたれば

装飾を極むる教会いくつ見し疲れに受くるロカ岬の風

霜月尽日

病篤き君とは知らず遠慮なき評書き送りぬおろかにわれは

弁明の返事寄こしぬ三月《みつき》後に逝く君病に苦しむなかより

ことば少なに交すのみなり心底の親しみ告ぐることなく過ぎき

小さなる堰ありて水越えゆかず君に届かぬままの心よ

ひんやりと蜜あるりんご噛みてをり苦き心を持て余しゐて

打上げの成らぬロケットなにがなし思ひつわが歌七首を消して

*

「橋」の歌人岩瀬安弘　洒脱なるその歌ひそかに愛読してゐき

孤独死と伝ふる追悼記事をよむ岩瀬安弘よき歌詠みけり

初冠雪

ひかりつつ木の葉飛びちり冬を告ぐ『天鵞絨の椿』読みつぐ午後を

青井史歌集

さびしさびしと呟きながら生き急ぐ青井史の歌読みてせつなし

ある日死は不意に来むされどまだ死ねぬ柊南天に触れてあゆめり

頂のうすらに白き茶臼岳恥ぢらふごとしけさ冠雪す

Ⅱ

二〇〇八年

新しき水―ある人に

やはらかな拒否ともおもひ賀状読む「どうぞご活躍を」君の添書

けふ明日の事より思ひの先にゆかずゆけば避けえぬ難問あるゆゑ

良き策のなければあへて考へず諦めといふ抜け道がある

糸口を乞ふとしなけれ父母の骨を手にのす　昼の深きに

一月三日は毎年山の仲間と新年登山

ゆるやかな下り坂よりあるきだす古き会員の去就など聞き

珍しくけふは黄菊の供へらるガードの脇の小さな地蔵

細径の尽きたるところ山懐に抱かれ三段に落つる滝あり

つぎつぎに水走りおち大滝の激ちて白し睦月の山に

滝の水見上げてをれば水勢に胸の澱みの流るるごとし

紅梅の咲くかと寄れば真弓の実たわわにつきて一木くれなゐ

はじけたる実は紅のさらに濃く一羽のコゲラしきりにつつく

漆黒の羽根に白き斑あざやかなコゲラと真弓に差す新光《にひひかり》

山脈のかなたにけふは富士が見ゆ寒《かん》にしまりて澄む視界はや

黒眼鏡

薬液もて拡げし眼底ばうとせる黄のかたまりはわれの目の核

モニターの画面に目の核見てをりぬ写りゐるその目の核をもて

白濁にあらず手術の要なしと告げらる胸底《むなど》にさつと陽がさす

見ゆること当然とおもひし迂闊さや黒眼鏡かけし白秋がたつ

ある回顧談に

十代の小娘に何が言へたのか男三人に囲まれてゐて

沈黙のほかに己を守る術なかりしを　ああ人は解せず

白鳥と蝦夷鹿

シベリアより飛びきて翼憩はする蒼き渚に白鳥の群

白鳥に鴨と灰色の鳥まじり狭き水辺は声にわきたつ

氷《ひ》にのれる白鳥の二羽ながき首たてて向きあひかうかうと啼く

水鳥のあそぶ渚を縁取りに凍る湖のはるかな白さ

みどり濃き摩周湖の水凍りつきやや青白き色を見おろす

風の跡波だつ跡を線描のごとく残して凍る摩周湖

大鳥の羽根ひろげたる形して摩周湖のかなたに雪の斜里岳

斜里岳よ　いくどか渡渉し登りしをおもへば雪にいよよかがやく

警笛を二、三度鳴らしわが列車線路にあそぶ鹿を追ひだす

列車の脇より鹿あゆみいでうるさしと言はむばかりに尻ふりて去る

湿原は鹿の領域われらこそ勝手に通るものやも知れぬ

揖保川

見舞はむと思ひつつ迂闊に日を経たり君の訃報に棒立ちとなる

揖保川町といくたび書きし君の住所その揖保川に沿ひて走るよ

昨夜の雨に水嵩まして勢へる揖保川は意外に大き川なり

菜の花の折るるばかりに揺るる土手大雨ののち風まだ強く

黄砂にて見えぬ日あるに雨後のけふ山がうつくしと運転手いふ

山越えてゆく雲が見ゆ亡き君の魂ふはりとはこびてゆくか

晩年の時間いかほどかと詠みてあはれふた月の命なりけり

訛りあるやはらかな口調が好きだつた変はらぬを電話に懐かしみけり

人の死が我につながる雪の朝庭にうぐいす飛びきて遊ぶ　高瀬隆和

万の言葉呑みて別れしのちの日々互みに言はず　遊べうぐひす

子の棺出づるに合掌して送る車椅子の母君九十七歳

共に見むと思ひし桜残れるや雨に濡れたる樹をすかし見つ

ざくろ

欲しといへば届けくれたりルビー色にかがやくざくろ枝つきの五個

花少なき梅雨期の緑濃きなかに殊に美しざくろの朱の花

もらひたるざくろの枝に棘あまたあるにおどろく持てば刺されて

棘だてる枝に手榴弾のごとき実よちかぢかと見るざくろの狷介

華清池に白きざくろの花を見き楊貴妃の白き肌思はせて

人間の味とふざくろこんなにも甘きか人間は甘くなりしか

グラナダはざくろのスペイン語

この夏に訪ひしグラナダ水の音さやかなりしよアルハンブラ宮殿

絵タイルのひんやりとせる床に坐しざくろ食みけむイスラムの姫

ザクロスよりシルクロードを経てきたる沓き日語れ口あくざくろ

ファゴット

抑へがたく人を憎める心湧く荒びはけふの雪にうづめむ

胸底のさびしさ吐きだし甘えたき心よ堪へ性いつ失へる

青春はただ懐かしく回顧するものにはあらじ時に噛まるる

本心を言おうかあなたを憎みしと　憎むほど深く関ったのだ

偲ぶ会にさりげなくたぶん行くだらうファゴットの音を胸に響《な》らして

煮ても焼いても旨しと言へり道の駅に売る細身なる高原大根

忘れ物してゐませんか　東天にポッと満月かかる

題詠「自由」

ご自由にお食べくださいバイキング中国産のギョーザもあります

ご自由にお作りくださいこの度は題詠にして「自由」といふ枷

題詠の「自由」おもひて取り止めなく散らばる想念　自由はアブナイ

不自由のありてぞ輝く自由なれ綱をとかれて駆けだす子犬

「ご自由に」と言はるる怖さ斬りすつる心を裏に秘めてゐたれば

遠ざかる背

熊本や宮崎より来る級友と待ち合はす秋の銀座四丁目

舅夫婦と三十年暮らししこの友の変はらぬ軽さに笑ひあひたり

かく厳しき表情をする友なりしか話とぎるる時に見せたり

植ゑ替へても枯るるは当然と友言へり蘭には蘭の寿命のあれば

人生の深みに二、三歩踏み込みし友の言葉かおどろきて聞く

不景気にて会社を閉づと友語る秋の風よりさびしき声音

さやうなら言ひそびれたるまま見送る友のたちまち遠ざかる背

こぼれぬやうに

ひそやかに憂ひのひらくごとき蒼けさの垣根に初の朝顔

会ひたしと思ひがけなき電話くる凝れる過去のふいに解《ほど》ける

名告られてたちまち死者の友と気づく半世紀たつも忘れてをらず

死者に関はる手紙に電話追悼記事波かぶるごと我を濡らせり

わが命絞るおもひに書く文の続きて心よれよれ今は

わが前の盲の人は手に探り唇《くち》みちびきて焼酎を飲む

赤き炎《ひ》と青き炎《ひ》の違ひ説きやまず消し炭と練炭の火力差も言ひ

四人仲間の一人に止め歌壇には名を知られたくなかりしと言ふ

大方は諸へどただ黙し聞くめぐりを傷つけやまず彼《か》の死は

わが肩につかまり駅まで共に行き白杖は下りのエスカレータに消ゆ

水満つる器をこぼれぬやうに抱く人の死にゆらぎてゐたるは心

カフカの家

カフカの「城」思ひつつゆるき坂のぼり初夏のプラハの城に近づく

城内の黄金小路

連金術師が住みし長屋の一軒に小説の想をねりにしカフカ

家のなか魚泳ぐとおもふほどカフカの家の外壁青し

しつとりと落ち着く狭さプラハの街見おろす窓にみどりの風入る

陽をうけてたかだかと咲く桐の花カフカも見にけむこの道をきて

橋飾る聖人像も渡る人もともにカレル橋夕日にそまる

ヤン・フスを今も敬ふ　モルダウのごとく流るれ叛意を捨てず

「プラハの春」ヴァーツラフ広場

さり気なく人ら行き交ひ賑はへりソ連軍戦車に埋まりし広場

足首をやはらかにせむ方形の小石敷きたる道につかれて

ブダペストの街にて

髪けむらせ縄跳ぶ少女ハンガリア少女と遠く恐怖を頒ち　塚本邦雄

ブダペストの街をあゆめばわが裡にひびきやまざり塚本の歌

家の窓をタンスに塞ぎソ連軍の攻撃に耐へしとさりげなくいふ

石の家つづく壁にはところどころ銃弾の痕がいまも残れる

オペラ座に残る皇妃エリザベートの観覧席

ふかふかの真紅の椅子に身をおけば皇妃の孤独触れくるごとし

コミュニズム過ぎて華麗に教会の修復さるる思想打ちあひ

鎌とハンマー持つ兵士像片付けられマックやスタバの店ある街衢

とほく恐怖を頒ちし少女か俯きて橋のたもとに物乞ふ老女

梅豆羅の里

注連縄用の稲藁ならべ干されをり秋陽ふくふくさせる境内

「神主は多忙にて留守　会へずとも御多幸を祈る」と貼り紙のあり

神功皇后ゆかりの釣竿になるといふ境内に生ふる黄色細竹

鎮座より幾世の時間に洗はれてさびさびと明るし玉島神社

鮎釣れて「めづら」と皇后つぶやけば梅豆羅《めづら》の里とこの地呼ばるる

鮎いまも釣ると釣り人答へたり玉島川の澄みて流るる

鏡山神社に採りたるをがたまの房実十粒のほのかなる紅

居待ち月ひくくのぼりて夜の海の一処てらてらと帯状に照る

海の面《も》をしづかに月光照らしをり眠らぬ魚と語らふごとく

引く波のまた寄する音この浜に父母と宿りき五十年前

高校生のわれ思ひきや五十年後この浜にたつ白髪のわれを

父母と泊まりし宿をしきりに探せども松原くらし松くねり立ち

松風にまぎれて聞こゆ「ねえさん」と呼びし中学生の弟の声

恨めしげの烏賊の目と詠む歌おもひ脚まだうごく活造りを喰ふ

靴が飛ぶ

お別れのキスだと叫び靴が飛ぶイラクの怒り凝りたる靴

飛びてくる靴をすばやくブッシュ避く当たらば後の成行いかに

ダンボールに靴脱ぎて坐るホームレス静かな顔が岡井隆似

怒りの靴あまた飛び交ふかと見上ぐ曇る池袋の歳末の空

Ⅲ

二〇〇九年

傘杉峠

花立松の峠を過ぎておのづから足は向くなり傘杉峠へ

両側はますぐに伸びる杉の木々わが背もすくと立ちてあゆみぬ

新年の光さやかに射しこみて杉の一本一本の影

今しまで語らひをらずや我がゆけばふつと黙せる杉の木々たち

木のことば伝へるやうに風がふく耳を澄ましてゐる杉の木々

邪《よこしま》といはねど思ひの紕さるる真つ直ぐにたつ杉の林に

杉のなか音階たどるやうにゆくハイドンの「時計」風に響《な》らせて

けふのつづきの

新年を寿ぎにぎはふ人らのなか細身にこやかに森岡貞香氏

会ひえしをよろこび御手を取りたれば水中の魚のやうな冷たさ

七日後

勘の鋭き人なりわれらにさり気なく別れに来しとおもふ急逝

正面よりまともにくる風飛ばされぬやうに帽子をぐいと引きさぐ

黒髪の妻とし亡き夫にまみゆるや柩の人の髪のくろぐろ

森岡貞香この世より今去りゆくと霊柩車動きだすを目に追ふ

亡き人を天も惜しむや雲間より陽光《ひかり》ひとすぢ霊柩車にさす

霊柩車出でたるのちを気の抜けて仰ぎゐつ寺の観音像を

ゆるゆると駅へ向かへり丑年とことしの干支をなぜか思ひて

人失せて空く胸つ辺に流れくる散りてほのかな白梅の香《かう》

まう会へぬ人よゆふべは薄雲に輪郭見えて陽のかがやかず

夢にいくつことば聞きたる　朝さめて耳が膨れてゐる感じなり

人亡きは嘘かとおもふ今日の晴れ　雲の片辺が白くかがやく

けふのつづきの昨日のつづきなにげなき歩みに行きたり人はあの世へ

ドクダミの暗緑の葉は白花の暗い敷物と詠みし人はも

佐渡の海の味

波の上《へ》のはかなきいのち荒海を流人ならねどゆく佐渡島へ

路線バスに客二人なり海沿ひに「歌見」をすぎて「黒姫」をゆく

海の色に身は染まるやう陽の照らす藍色の海にそふ一時間

波の音ききつつゆるりと咲きいづる八重の桜に五月のひかり

先がけて咲く一輪に迎へらる草生のなかの萱草の花

舐めてみよといはれ磯にてすくひ舐む佐渡の海の濃き潮の味

世阿弥翁のえにしゆかしく鷲山荘《あうざんそう》に鼓の音をふかぶかと聞く

浮くかもめ羽ばたくかもめ浮くかもめ羽ばたくかもめを見送りて浮く

ボスポラス海峡

黒海とマルマラ海よりくる潮のせめぎあふなりボスポラス海峡

貨物船、クルーズ船、フェリー船つぎつぎ夏の海峡を過ぐ

ヨーロッパの端よりアジアへ橋渡りぬ二つの大陸鼻つきあはすを

朗々と江利チエミ唄ひしウスクダラは今もにぎはふ船着きの街

金角湾を渡せる橋に釣人ら朝よりずらりと並び釣糸《いと》垂る

焼き鯖をパンにはさめる鯖サンド香ばし橋の店に頬ばる

オスマントルコの偉容まざまざ海沿ひに兵器工場の石塀続く

勇ましき音に弱兵は逃げだしけむトルコ軍楽の太鼓とラッパ

トロイ

敵の木馬引き入れたるはここと指す石畳道に三千年後の陽

兵ひそむを気がつかぬとは信じがたし仕方なく立つ木馬を見上ぐ

観光用に作られし木馬の中を上るわれのヘレネを取り返すべく

日本語が上手ねと言へば絨毯を売る青年が「まだまだです」と

夢をつなぎ交易つなぐ海峡の橋はかがやくライトアップに

やはらに黙を

供へらるる花に蓮の実混じれるを目にとめ辿るわが家の墓へ

蓮の実のみどりの面に穴いくつやはらに黙を抱けるごとし

母の骨埋めし墓の土を撫づその手のひらのしばらく湿る

長病みの薬のせゐかわが兄は手足の萎えて車椅子に坐す

一年にかく衰ふに声もなし「よく来た」と兄は涙をながす

三つ上の兄なりこの人、ふるへる手を妻に支へられて茶を飲む

植ゑ込みをするりと抜けて幾本の鉄砲百合が横向きに咲く

語りつつ嗚咽となれる兄嫁の肩をだく　おしろい花のゆれをり

会ひたきは川をゆく水　沢胡桃の木　久々なれば土手の風にも

今宵川辺は花火大会　見てゆけと言はれず見たしとも言ひだせず

父母の逝けば実家は兄の家いくときもなく辞してきたりぬ

川原に花火上がりてゐるころか華やぐ夜空をおもひて帰る

題詠「留守」

留守のまに訪ひきしはだれ玄関に桜草二鉢置かれてゐたり

心ふと留守になるらし目の前のむすめに「ママ」と声をかけらる

永久《とは》の留守――主婦逝きし隣家さびしきに杏の花のあでやかに咲く

留守電に残ることばの語尾ゆれて掛けたる人のとまどひ伝ふ

オヴィリ

ゴーギャンの見はじめは五十年前のこれ田舎娘のはぢらふ表情

少女には似合はぬ大き足を描き大地離れぬ生侍《せいたの》みしか

「純潔の喪失」

静謐な画面に流るる官能の気配にしばし眼をうばはれつ

横たはる白き女体の上方に細くながるる雲のかなしさ

モデルの女は画家の子を孕んだ

白き乳房に脚おく狐の邪《よこしま》の眼は画家ならむ　横目ににらむ

たくましきタヒチの女が手に押さふる黒犬　あるいは画家の自意識

うつぼつたる画家《「オヴィリ」》の想念を形となす像の「オヴィリ」野蛮なるもの

眼を大きく見開くオヴィリ狼を踏みつけその手は仔をひねりをり

壮年の画家のエネルギーみなぎれる「オヴィリ」よ我を惹きつけやまず

手放さず「オヴィリ」を墓碑に望みたるゴーギャンの愛着わかる気がする

我々はどこから来たのかどこへ行くのか問ひかけ問ひかけ、なほも問ひかけ

語りあふ、否、背きあふ二人組の女をつねに描きこみしは何故

完結する絵を厭ひしか画面にはさりげなく黒き犬が控ふる

中央に伸びあがり果実を摘む女生きるといふは智恵の実食むこと

「女性と白馬」

死をまへに描きし自然のやさしさの小さな小さな十字架目を射る

帰り路の夕日スモッグにうす濁り夕ヒチの女の肌の色に似つ

風船かづらるるると垣に連なれり夕ヒチに遠く日本の秋

暁の風

濯ぎもの裏返しに干すを母忌みき干すたび母を思ひいづるも

ふすべ、むすべ、否否ひさごと語をたどる小さきへうたん成りゐる垣根

行きちがふ鯉うるさしと払ひたる亀の前肢に白き爪見ゆ

夏山が呼べばわが身を鍛へなほす足に二キロの錘をつけて

夢を見てゐたるや窓ゆ暁《あけ》の風冷たく顔のおもてをさはる

題詠「時間と眼鏡」

過ぎにける時間のなかより顕てる人罅入りしレンズの眼鏡かけゐき

十月会はじまる時間に必ずゐし黒ぶち眼鏡の高瀬一誌よ

亡き父も夫も眼鏡をかける人ことにも父は時間にうるさく
まだ来ぬか時間いくども確かめる眼鏡かけたりはづしたりして

琥珀の耳輪

落ち鮎の腸《はらわた》ふくみ宴のなか今日の歌評を思ひ返しぬ

かの批評うけしよりはたと歌成らず心をふかく嚙まれてゐたり

つぎつぎに浮かぶ言葉を書きとめてわけのわからぬ我に真向かふ

われは沼　底のわからぬほど澱む水をたたへて横たはる沼

混沌のかたまりのごとき身を起こし明日のために爪を切りたり

ほのぼのと金色にいちやう色づけば琥珀の耳輪をしてけふは出づ

内部事情といふを電話に一時間　聞きたる耳を風に漱げり

革命の語にリアリティあらざりと歌評す　ああ時代移れり

作りたる料理の少しづつ余るにちにちに知る娘《こ》は家出でしと

Ⅳ

二〇一〇年

過ぐるもの

正面より差しくる朝日を胸に受けおのづから湧くけふの活力

降下する鳥のふる羽根きらきらと朝のひかりを波立たせたり

干支の寅におよそ似合はぬわが兄の気弱な性を歯痒くおもひき

過ぐるもの何なる梢のゆらぐ見ゆ命日の母に経上げたれば

うすうすと

日米安保条約五十年

日米の成行きみればハンタイと叫びしわれを苦くおもふも

うすうすと気づきてゐたり核持込みそのうすうすが思へば怖い

経済の実《じつ》を取りつつ戦後日本払ひし代償いかほどなるや

正宗の刃を渡るごとき決断を―。難しきこと避けてはをれず

傾《かし》ぐ日に並木の影のわらわらと伸びきてビルを鷲掴みにす

雛の日に

娘《こ》ら去りし部屋に七段の雛飾る七十路近き夫とふたりで

かく大き一揃ひなりしか雛段を組み立てながら息切れする夫

むすめ生《あ》れ雛購ひし日の心はづみ映して明るし毛氈緋色

眩しげにホと息をつく小さき口十余年ぶりに女雛陽をあぶ

購ひしより変はらぬ官女の黒髪の艶やか我は白髪となるに

桃の花つぼみつぎつぎ開ききて九谷の花瓶のむらさきに映ゆ

世のことは知らずわたくしけふは留守雛を飾れる部屋にこもりて

緋袴の官女の酌をいただかむ酔ひて女の世語りをせむ

雛のもつ笛よりほそく楽ながれ娘《こ》らの幼き日をさそひだす

かけ声とともにわが師のうつ鼓きよく響けり謡初めの日

御典医の家の天井に吊られゐし駕籠おもひいづ雛の塗り駕籠

縁側にありし母の絎け台よ　針山赤き雛のくけだい

輪廻もしあらばわが生《せい》誰人の前世とならむ　うとうとと昼

ベランダより見ゆる遠富士にちにちに姿おぼろとなりて春来ぬ

何もせず睡魔に負けしよべの吾《あ》を叱りてきしきし鏡をみがく

バス停に咲きたる桜を海外へ明日赴任するむすめと見上ぐ

ママもメールができるのね〈笑〉と返信あり笑の文字のかすかにゐらぐ

地球儀の正面を東南アジアにす娘《こ》の居るバンコク常見むとして

限りなく怠けて

「限りなく怠けていることの楽しさ」ジャムの詩句を友書きよこす

批評会にゆくをあきらめ歌を書く胸に兆せることばのあれば

どのやうに登るかとつい眼のゆけりセザンヌ描くサン・ヴィクトワール山

逝きてまう四年か友の無きほかは何も変はらぬ仲間と山ゆく

亡き友の死後の世界といふべきをわれ生きてをり雲踏むごとく

何者かの想念のなか食材を抱へてふいに立ち眩みせり

蹲りゐるものは何　塀のうへ角出して蝸牛はゆくへを探る

空ふかく謀反をあふるやうに吹く風の荒声　心底《こころど》をゆる

ふる雨の形しだいに見えてきて雪となる　弥生九日冷えて

四月、大石田

長き冬おもほゆ四月二日さへ大石田の野はいちめんの雪

最上川おほきくたわみ水が水押しゆく鈍色の川のおもてを

甑《こしき》山雪にましろく上空に言伝てのごと雲ひとつ浮く

船大工らの彫りし仁王像は腕あげて力めど丹《に》の顔どこかほがらか

聴禽書屋

大松明しつらふごとき雪囲ひ四月を厚らに庭の残雪

机のみ置ける和室の清しきに茂吉の気息残れるごとし

齊藤茂吉便器昭和十五年と自記せるバケツ意外に小さし

窓ひろく取りたるガラスに写りたり木の影、鳥影、茂吉の眼《まなこ》

きつちりと板に囲はれ冬の間をこもれり茂吉の大石田の墓

幾代の女に継がれきたりしやこの家に守らるる享保の雛

雛飾る家にてふるまはれしくぢら餅もつちりと甘きを舌は忘れず

大石田の町歌となれる茂吉の歌くちずさみたり「虹の断片」

梛の葉—補陀洛山寺

ひとたびは素通りしたる補陀洛山寺の広びろしきにけふは踏み入る

補陀洛へ渡らむ古き船に立つ小さき鳥居の朱なまなまし

広からぬ船の四方に鳥居たて人寄せつけぬ神域となす

戸に釘うち渡海上人籠めにける船室のその暗きにをののく

船室はすなはち死の界補陀洛の祈願にとほき目にし見たれば

渡海者の生命を賭けし一念を受けとめし本尊四十本の手

やさしくも厳しくもある御顔の一命なにほどと泰然と立つ

神木の梛は凪ぎにかよふのか海辺の寺の樹を見あげたり

海をゆく航跡のごと梛の葉の葉脈縦にすらりと走る

補陀洛へ渡海果たしし二十八名維盛ふくむ碑を読みてゆく

補陀洛の渡海拒みし金光坊の生の執着こそ生々しけれ

潮のまに流されゆきし渡海船くぢらの群にあふことありしや

ゆらゆらと沖へ遠のく一隻の陽光《ひかり》にまぎるるまでを見てをり

信仰もて俗世を超えし人はあれど五月、若葉にこの世眩しも

瑠璃の羽根―高野山

青空を背に金堂の大屋根を滝のごとながるる五月の陽光

丹生都比売《にふつひめ》神社の垣にあふれ咲きにほふ石楠花うすくれなゐに

石白く荒びてをれど見過ごせず華岡青洲献じし灯籠

孔雀堂の前にしづかに祈り立つ僧は黄色のあざやかな袈裟

堂のうち楽ながるるや瑠璃の羽根あでやかに孔雀明王が立つ

三鈷の松

空海の投げし三鈷《こ》の掛かりたる松とふ三本の葉のある松葉

大伽藍のそれぞれの御堂に供へむと軽トラックは花積みて廻る

苛烈なる生に似合はず信長の簡素の墓に射干の咲きそふ

角の店「数珠屋四郎兵衛」を左折すれば普賢院なり今宵を宿る

天野の里

桜さへ西行桜と愛でらるるに捨てられし妻娘の墓のさびしさ

従姉妹を訪ふ

いつの間に集まりたるや三重に並びて漁船河口に泊まる

烏賊釣りの漁船か廻りに集魚灯の電球花のごとく付きたり

漁師らはいづこぞ灯り消ゆる船たぷたぷ寄する夜の波にゆる

ここにもと釧路の街に見あげたり明るく点る居酒屋「笑笑」

入りくるはロシアの者か「密入国許すな」と市役所の前に看板

会へるうちにとふと思ひたち訪ねゆく漁師の妻になりたる従姉妹を

原生林の峠越ゆれば両側にひろびろと緑の牧場つづく

飼料用の牧草詰めたる大袋白きが緑野に点点とある

天空より大き豆腐が降りきたるごとし緑野に白大袋

南《みんなみ》の幾万頭は殺されき長閑にここに草はむ牛ら

高速バスに二時間のりて従姉妹に会ふ帰りのバスが来るまで一時間

「田舎の婆よ」真白の髪にくつたくなしわれより二歳上なる従姉妹

＊

重篤とかねて知れども逝きたりと聞けば声もなし河野裕子よ

温かく熱く寂しくその歌のゆたかな世界おもひて眼を閉づ

天の意のまま

女盛りいつとなく過ぎ象潟に愁ふる睫毛のやうな花見つ

海岸の岩群に彫る十六羅漢　海難漁師らの供養のためと

海風に漁師の叫びまじれるや眼をつぶり立つ小さき羅漢

降るも照るも天の意のまま顔のみの羅漢は天に向きて笑みをり

「ぞうさん」

お茶うけにバナナ二本が置かれありベッドには蘭の花が一輪

象の背に乗れば意外な高さなり人も車も下に小さし

象の背の皺だちぐにゆぐにゆ動くゆゑ身を硬くせり落とされまいと

のつしのつし車列の脇を象の行きその背にゆらるバランスとりつつ

象使ひが「ぞうさん」と唄へば声あはすわれも「お鼻がながいのね」と

アユタヤの滅びし都をかなしむや大塔に眠る王の遺骨は

尖塔は空ふかく刺し塔の中へ角度急なる階段がつく

荒れてゆく大塔の脇プルメリアのけふ生まれたる花の白さよ

バンコクに五日をあそび戻りゆく二時間早くすすむ日本へ

長椅子に寝て

頼りなき者と見なされ入国カードを隣の男が代筆しくるる

バンコクの街音こもる早朝の気を裂き群鳥鋭き声あぐ

タイ人の医師に日本語通訳がつきて手術の手順を説けり

輝度つよき部屋に手術のすむを待つ冷房の冷えに耐へつつ四時間

病室の長椅子に寝ていくたびか目覚むる夜半を驟雨すぎたり

冷房を切れば病室しづかなり見舞ひの百合が甘くにほへり

腕吊りたるままにパソコンを打つむすめ仕事の連絡せねばならぬと

この医師はインド人らしターバンに彫りふかき顔　手術痕診る

退院の支度はすめどまだ眠るむすめを待てり目の覚めるまで

真新しき高架路したの草のなか長屋つらなりシャツ干せるみゆ

大通りを飛礫のごとくばらばらと右折してくるオートバイの群

ビルの間の空き地に緑勢ひて芭蕉、蘇鉄、椰子の木しげる

タイ語なるテレビは見ずつれづれに娘《こ》のとる日本経済新聞《につけい》隅々まで読む

出勤のむすめに残され所在なしリハビリ用の赤きゴムまり

九朔橋

つぶつぶと花咲く萩の垂れかかりこそばゆさうな哲久の歌碑

萩群をのけて読む歌碑ふくらかな文字に冬潮あこがるる歌

九朔橋わたれば哲久記念館古びし下駄やマフラーならぶ

九月一日すなはち九朔、哲久の生日にして第一歌集の名

坪野哲久写真

杖つきて立つ白髯の一身に貧に屈せぬ気骨ただよふ

口むすび思ひにふける哲久の冬潮たたふるごとき目のいろ

哲久の魂あそぶや能登の海沖へ紺色ふかめつつ凪ぐ

消えたるもの

極月に向けて鋭くなる心ま青に空は冷え透りたり
（岸上大作没後五十年）

ゆくゆかぬ墓参決めかね見てゐたり翳るもみぢのひとところの朱

道も住所も忘れてゐるに墓訪へば必ず行きつく　あなたが呼ぶか

けさ誰か詣でたるらし墓に供花ま新しくて十二月五日

花添ひて息づくけふの君が墓　五十年もたつたのだらうか

気張らねば生きられざりし苦しさがあなたにわかるか　冬の蟋蟀

しづかなる墓地に佇てば冬の枝くぐりて風の哭くごとき声

姫路文学館岸上大作の遺品展示

この遺書にふるへあがりし少女なりき五十年生きて静かに対峙す

岸上の絶筆ノートを絶叫し福島泰樹しだいに激す

「岸上に百回忌あるとも吾居らず」西村尚はがきに書き来

ふる雨の雪の形となれるもの軒に触れるか触れぬ間に消ゆ

うつすらとベランダ濡れて雪なりしと消えたるもののかすかな声す

V

二〇一一年

大寒の朝

おんおんと冷気ふるはせ響きたり大寒の朝の犬の遠吠え

エレベーター待ちつつおもふ開かぬ扉《と》の前に立ちゐしごとき去年を

かの人にわれは拒まれゐたりしか梅のつぼみの日陰にかじく

落ちこみし心直さむと幾たびか　浮囊《うき》もつ魚を羨しみながら

冬空のあまりに蒼く地上ゆく一存在は吸はるるごとし

扉《と》をあける力のわれに残れるや両手を垂れて冬空あふぐ

地下室にゐた

三月十一日午後二時四十六分

ユラッときて後は覚えのなき大揺れその時ビルの地下室にゐた

ビル内放送

このビルは倒壊しません火元確認エレベーターは止まつてゐます

何が起きた！デパートを出され電車止まり不安の顔々池袋駅前

四十人と限らるるバスに乗り得たり少しは家に近づきたくて

暮れがたを二駅先まで歩きたり地震《なゐ》に無縁に白梅が咲く

大津波町を呑みこみ襲ひ来るその先を必死に逃げる人、人

海岸に遺体二、三百見ゆるといふ写さねばなほ無惨おもはる

目の前の蠟燭の箱つぎつぎに売れてライターをわれは得しのみ

そんなにも買ひてどうする大袋抱へてスーパー出でくる人ら

節電の暗きホームに電車待つ被害の深刻まだ測りえず

あとがき

友人達と創刊した同人誌「滄」が今年（平成二十六年）二十周年を迎え、五月二十四日祝賀の会を無事に済ませ、ようやく歌集の準備をする心の余裕が出来ました。

歌集『やはらに黙を』は『サガルマータ』に続く私の第五歌集です。『サガルマータ』刊行より八年、作品が溜まりすぎると、歌集を出すのが却って億劫になり、これではいけないと思い、ともかくも、二〇〇七（平成十九）年から二〇一一（平成二十三）年三月までの歌を収めて一冊としました。

この三月までとは、私の六十代末になるからです。この歌集は私の六十代後半の作品集となります。

作品を読み返しながら、相変わらず心の重い歌ばかりと思い、その心の重さが何に起因しているのか見当はつくのですが、作品によっては何故そんな感情が湧いたのか今ではその切っ掛けがよく分からない歌もあります。ただ、一日一日を刻むように生きてきたのだ、と思うことにしています。

土筆のように春の陽をあびて揃い立っていた同級生の訃報を、ぽつぽつと聞くようになりました。人生の残りの時間を思わざるを得ません。これからの日々を、「滄」の仲間達と励みあいながら、大切に詠み続けたいと思っています。

出版につきましては、本阿弥書店の本阿弥秀雄社長、担当の池永由美子氏、装幀の巌谷純介氏に大変お世話になりました。

心よりお礼申し上げます。

二〇一四年九月五日

沢口芙美